NOITE-ÉGUA

nelson rego

noite-égua

porto alegre • são paulo
2015

Copyright © 2015 Nelson Rego

Conselho editorial
Gustavo Faraon, Julia Dantas e Rodrigo Rosp

Preparação
Julia Dantas e Rodrigo Rosp

Revisão
Fernanda Lisbôa

Capa
Humberto Nunes

Foto do autor
Kátia Schaffer

Dados Internacionais de Catalogação na Publicação (CIP)

R343n   Rego, Nelson
Noite-égua / Nelson Rego. — Porto Alegre : Terceiro Selo, 2015.
96 p. ; 21 cm.

ISBN: 978-85-68076-11-8

1. Literatura Brasileira. 2. Novela Brasileira. I. Título.

CDD 869.9368

Catalogação na fonte: Ginamara de Oliveira Lima (CRB 10/1204)

Todos os direitos desta edição
reservados à Editora Dublinense Ltda.

Editorial
Av. Augusto Meyer, 163 sala 605
Auxiliadora — Porto Alegre — RS
contato@dublinense.com.br

Comercial
Rua Teodoro Sampaio, 1020 sala 1504
Pinheiros — São Paulo — SP
comercial@dublinense.com.br

"A vó é louca, sempre foi", informa Silvinha pela terceira vez na ainda breve conversa desta manhã, roqueira tatuada, dois piercings no canto do lábio inferior direito. Ana não se deixa intimidar pelas risadas da neta. Sant'Ana, chamada assim pelos familiares, quando tentam lhe impor que se cale, por ser lunática, sustenta a tese de que o autor da carta foi mesmo um fantasma.

— Acredita-me — ordena fixando-me nos olhos, Sant'Ana sempre ordena, nunca pede —, escrita ela pode ter sido por mão humana, a mão da própria enfermeira morta, mas essa mão obedeceu ao que o encosto lhe ditou.

É louca, é louca, repito em silêncio as palavras que Silvinha canta com voz aguda olhando para o céu. Silvinha Thrash, seu nome artístico. Sant'Ana ignora. Manda Lucas buscar a pasta cinza, onde a carta está guardada. O guri pula da cadeira.

— Meus filhos, noras e netos não compreendem. Como poderiam? O José Carlos não fala em outro assunto que não seja cheque sem fundo ou depósito que não entrou. Ele é o gerente do banco ali da outra rua, já te falei, não é? Banco de segunda categoria, ser gerente dele não é grande coisa. Minha ex-nora, eles são divorciados, é corretora de imóveis. O novo marido dela também. Vivem dizendo que estão para fechar uma grande venda, mas quem paga o colégio da Silvinha é só o José Carlos. O que esperar dessas almas? Poesia? Espiritualidade? É só dinheiro, dinheiro, vivem para contar os centavos que vão faltar no fim do mês. E a Silvinha é essa rebelde sem causa que tu estás a ver, acha que é revolucionária porque toca guitarra e se veste de punk.

— Ei, qual é, vó? Sou a tua melhor amiga. E não sou punk, thrash é outra coisa. Tu não entende nada mesmo.

Sant'Ana não ouve o protesto e prossegue no breviário familiar. O filho mais novo também é materialista, com a diferença, em relação ao José Carlos, de estar acomodado ao fracasso, o que não o impede de posar de garanhão e pedir empréstimos a Sant'Ana para bancar o estilo de vida de playboy remediado.

— E toco guitarra só de brincadeira, quando é ensaio na garagem. Em show de verdade, sou a vocalista da banda — Silvinha completa as informações, mais preocupada em esclarecer-se para mim do que para a avó.

— Ei, vó, não achei a porra da pasta.

O grito veio do alto. Lá está, na janela do último andar, o rosto sardento.

— Na gaveta da penteadeira no meu quarto, é sem-

pre lá que guardo, Lucas. E controla a língua, não precisas repetir em casa tudo o que a escola ensina.
— O móvel com espelho?
— É óbvio que sim, Lucas.
— Cor de asa de barata?
— Traz de uma vez a pasta, Lucas. É a pasta cinza. Não é a marrom nem a preta.

Sant'Ana parece desolada. "Ele tem mania de dizer que meus móveis de madeira nobre são da cor das asas das baratas. Tenho móveis de pau-brasil, sabes? São herança de família, foram dos meus avós". Orgulha-se de uma Bíblia que a herança lhe transmitiu, capa em alto-relevo banhado em ouro.

— Não é só a cor das baratas que os teus móveis têm, vó, são as próprias. Tu precisa mandar dedetizar o prédio.

Acho engraçada a meiguice de voz e semblante que ela assume quando implica com a avó, a malícia de Silvinha tem os seus encantos.

Aí vem Gueli, a empregada. Gueli, ou algo assim, ainda não entendi seu nome. Traz bandeja com suco e biscoitos. Eu me sentiria melhor se ela não olhasse de jeito atrevido para o meio de minhas pernas. Silvinha captou o olhar de Gueli. Sant'Ana nada viu porque está absorvida em descrever os tempos antigos, olha para as nuvens enquanto fala. Vejo as nuvens através da estamparia de flores brancas na ramagem da timbaúva. O buldogue Ozzy Osbourne — Silvinha pôs-lhe o nome — persegue algum inseto na relva crescida.

— Minha família não compreende. Eles são materialistas, rasos. Acredita-me. As mãos que datilografaram podem ter sido as da enfermeira, mas o verdadeiro autor da carta foi o encosto. Ele continua aqui. Ele quer o mesmo que desejava há cinquenta e nove anos.

Dôce, gentil enfermeira, tu és o alimento para mim: trabalhadôra, propensa a solidariedades, mãe devotada ao neném. Perceptiva que és, desconfiaste de minha presença logo na primeira vêz em que por mim fôste tocada. Arrepiou-se-te a pele do pescoço à friagem que passava, e os assombrados olhos perscrutaram o vazio espaço do espelho.

Com enternecedôra paciencia cuidas dessa velha. Aturas ranzinice e ofensas, trocas o cateter, preparas o nebulizadôr e limpas com toalhas molhadas o traseiro ressequido e escrofuloso.

Eu me alimento, querida. Não imaginas o banquete. A raiva impotente de quem se depara com o fim, os netos trocistas fingindo compaixão, a virtude e o desamparo unidos no teu espírito resignado — ah, se soubesses quantas cores tu e a velha e os outros irradiam! Vossas emanações pairam na atmosfera do cômodo. E eu fluctuo nêsse campo oferecido a mim com tanta gentileza. Embriago-me com as flores mais intensas.

Tu permaneces inocente do quanto me robustece tua mansidão assediada pello ódio e baixeza dos outros. Desconheces o maná que é para mim teu mêdo, amada — ó nectar! Quando te sigo corredor adentro, e tentas me enxergar, mercê de perceberes a presença etherea, eis que teu coração se descompassa, ó adorada. Que extase, que fortuna tu és para a minha fome!

O filho da desenganada te deseja, empreende seduzir-te, e a tentação que te proporciona é o vil dinheiro. Elle bem sabe que o neném traz privações à existência. Espera que o dinheiro ofusque a fealdade da proposta insinuada em olhares cheios e meias palavras. A tentação aflige tua alma. De que vortex fabuloso de cores e pesos de chumbo eu me abasteço então, enquanto te machucas com dilemas, solitária em teus exíguos aposentos!

Sòzinha? Eis tua dúvida nessas semanas desde que passaste a freqüentar o prédio atormentado. Tu olhas de viés para os espelhos expectante de lograres capturar algum vislumbre do meu vulto. Teu corpo gira quando sentes o gêlo oscular tua nuca. Até já me inquiriste em alta voz na quietação da sala deserta. Rezas por mim, imploras que eu consiga aquilo de que careço e afaste-me de ti. Criança, teu saber ingênuo não augura que vai ser ao pé de ti que alcançarei o que preciso?

Foi adoravel o teu sobressalto quando julgaste perceptivel, num relance, meu reflexo na vidraça, enquanto consolavas o segundo filho da velha, a especular se êle é sincero ou se acaso apenas finge estar soffrendo a perda já iminente. Sim, anjo, quiçá foi minha sombra que tua sensibilidade alcançou distingùir. Estava eu junto à scena, repastava-me. Meu apetite, minha fome é abissal.

As duas noras, ah, as duas noras! — nunca te enganaram. Lês a verdade nos seus semblantes. Conheces quanto ellas anseiam pello fim da espera e a partilha dos bens. Que manjares, meu anjo, são os nutrientes exalados por tua doçura diante da necessidade de manteres cordial o tom do maçante colóquio e travestires-te hipócrita. E mesmo em tais ocasiões que oprimem teu espírito, não descuidas de permanecer atenta à tênue queda de temperatura que denuncia minha presença.

Sentes um ímpeto de comentar com os demais sôbre essas impressões. Nunca o fizeste por receares que te tachem de louca. Necessitas do que te pagam, o neném merece um porvir. É excruciante ser mãe sem casamento e sem marido, não é mesmo? E de resto, aqui, sòmente entre nós dois, querida, os teus hábitos poderiam ser mais frugais, não achas? Queres que o diga? Tuas indecisões, singelas fraquezas que ornamentam a virtude, são deliciosas.

O neném. Ah, sim, o neném. Tua mãe não pode cuidar do rechonchudo tôdas as noites. Ella é uma jovem avó, também tem os seus afazeres, suas necessidades e mesmo seus divertimentos. Por vêzes, tu te vês obrigada a trazer o neném para mim. Há pouco desmamou, o pequenino. Como és terna com êle! E que receios são êsses que tua face tornam tensa quando o trazes a minha casa?

Em certas noites, cuidas da quasi morta e do recém vivo a um só e mesmo tempo. Uma pertinaz scisma vem-te angustiando, eu e tu o sabemos. Velha e neném, os dois são desdentados. Ella, plena de ódio. Êle, o receptáculo do teu amor. Indefesos, ambos. Tu olhas para a bôca de um, de outro — são as entradas e saídas de dois túneis de solidão e dor, é o que pensas. O percurso da vida entre o nôvo e o velho te parece futil. Para que viver, se é para decair até a extinção? Esses pensamentos te exgotam. Não sabes o que significam nem donde vêm. Houve até mesmo a noite em que, por um segundo, o neném te causou repulsa. Estremeceste, ó querida. Não podes conceber sublimidade tal como a das irradiações que eu ingeri.

Ontem estremeceste uma vez mais, à idéia de que o menino cederá o pôsto ao adulto e que êste verá teus derradeiros dias. Estarás inconsciente sôbre um leito, e em prolongado silêncio êle observará tua bôca escancarada e banguela.

Olhas para o botãozinho de rosa, formado pellos lábios que ainda ontem sugaram teus bicos, e não vislumbras outra coisa senão o tunel triste.

Queres saber o que está acontecendo, que aflições são essas que vieram te habitar e enxotar a felicidade. Procuras a proteção do pequeno cômodo que reservaram para ti. Aninhas o neném junto ao peito e trancas a porta, mas te advertes da insensatez do acto, pois intuis que a porta que não impede minha passagem é a mesma que te faz prisioneira, aqui dentro, comigo.

Já não sabes no que crês. Apertas na côncha da mão o risivel crucifixo.

Agora dormes com o neném ao teu lado. Um sono de náuseas. Ah, querida, eu te ordeno, continua escutando minhas palavras de amor em teu sono agoniado.

Permanece quasi virginal o ducto de irradiações no alto do teu crânio, por mais que eu por êlle irrompa com minha fome sem fim. Só posso declarar-te, meu amor: ah, querida, como são dôces os teus pesadelos!

Ontem Silvinha estava falante; hoje, encaramujada. As variações de seu humor adolescente são magníficas como a silhueta desenhada contra a meia-luz do abajur. Figura deprimida, testa encostada no joelho da perna dobrada, a cabeleira vermelha oculta o rosto; figura que explode de energia, microssaia que se combina à dobra da perna para deixá-la desnuda, calcinha de escasso tecido à mostra. A mão faz carícias autistas no pé descalço sobre o assento da cadeira.

Suspeito que Silvinha formulou, há tempos, a mesma hipótese que discerni ontem ao ler a carta.

Sant'Ana adentra na biblioteca, Silvinha desfaz a pose. Senta-se como sentaria uma pessoa que a avó chamaria de normal.

A matriarca aguarda meus perspicazes comentários sobre a leitura de ontem. Ordena-me, em silêncio, que eu os faça. O diabo dentro de mim manda que eu a decepcione.

— É mesmo uma carta? Carta implica remetente e destinatário, quem seriam um e outro? Penso que é um monólogo literário de autor até hoje incógnito e que escreveu um conto na perspectiva do personagem narrador e fantasmagórico. Não é uma carta. É a fala em tempo presente, para sempre presente, do personagem protagonista instalado na consciência da vítima. Alguém cometeu uma piada de estranho gosto, aproveitando-se da súbita morte da enfermeira. Encontraram as folhas datilografadas junto à máquina de escrever dois dias após, não foi?

— Que interpretação desviante, a tua. Não vês que o remetente é o espírito insidioso e os destinatários são todos os membros da minha família, desde aquele tempo até hoje? Era só o que faltava, ninguém, em cinquenta e nove anos, se preocupou com a forma. Todos comentam sobre o conteúdo. E agora tu me vens com atenções para a literatura e não para a história. Essa inversão de valores é sintoma do declínio do mundo.

— Ah, qual é, vó? Todos dizem que a carta é uma coisa inventada, sim. Algum engraçadinho aproveitou a oportunidade pra perturbar.

— Tens razão, Silvinha. Nem imaginas o quanto. Foi um engraçadinho, sim, quem a escreveu, um espírito de porco. Um espírito de porco muito mais poderoso do que sonha a tua vã anarquia. Ele a redigiu através da mão escrava da vítima.

— Ih, vó, de novo contando essa história, a vida

toda. É loucura. Todo mundo acha que foi um espírito de porco de carne e osso quem escreveu essa carta que não é carta, só tu acredita num espírito sem corpo andando pelo prédio. Por que não desencana dessa história, vó?

Sant'Ana não responde e assume ar de superioridade. Silvinha apela para a muda retaliação, volta a colocar o pé sobre o assento da cadeira e grudar a testa no joelho, recoloca à vista a calcinha minúscula e muito daquilo que algumas pessoas chamam de vergonhas. Sant'Ana finge que não vê. Penso no que dizer para retomar o diálogo, mas não tenho certeza se é isso o que desejo. Acho que prefiro aproveitar o silêncio e apreciar o espetáculo irradiado pela adolescente.

Ozzy Osbourne entra arfante na biblioteca, dirige-se à sua brava mamãe, salva a situação. Silvinha senta-se no chão para fazer carícias no gorducho, que se põe em êxtase de barriga para cima.

— Então, em síntese, a senhora acredita que esse espírito perverso dominou a mente da enfermeira, obrigou-a a datilografar o que ele lhe ditou e a jovem morreu de crise de asma e ataque cardíaco.

— Exato.

— Mas a carta só foi encontrada dois dias após.

— Isso prova que ela não possa ter sido escrita antes? Encontrar a enfermeira morta causou um tumulto na casa. Ninguém estava procurando uma carta ou coisa que valha. Por que alguém haveria de subir à biblioteca para ver se a enfermeira teria deixado alguma mensagem junto à máquina de escrever? Percebes o absurdo da conjectura?

— A senhora acredita que ela subiu até aqui, em transe, datilografou a mensagem, voltou ao quarto, foi acometida pela crise e morreu?

— Bem assim como dizes.

— A vó é doida, doida, doida, doida.

— Silvinha, basta.

— Descobriram a enfermeira morta no quarto apenas quando foram verificar por que o bebê chorava?

— Correto. Ele chorava de fome, o coitadinho. Deduz-se que, antes, estivera a dormir. O médico diagnosticou que ela deve ter falecido antes da meia-noite. O acontecimento triste só foi descoberto no amanhecer.

— Se a carta, que ainda não me parece carta, foi ditada pelo espírito, não é contraditório que o texto se refira ao fato da enfermeira estar dormindo, quando, na verdade, ela estaria longe do quarto, sentada, datilografando?

— Não compreendo aonde tu queres chegar.

— Quero sugerir a conclusão de que é mais verossímil que alguém tenha escrito um conto e cometeu um erro de lógica no interstício situado entre a ilusão que o texto tenta criar e a realidade dos fatos.

— Pois não vejo contradição alguma. O espírito diz que ela está dormindo, dominada por pesadelos, enquanto escuta a voz desencarnada e parasitária de sua vida. Ela poderia perfeitamente estar em sono profundo e ao mesmo tempo datilografando, seu corpo reduzido à condição de um instrumento tal como uma máquina. Tu, do alto de tua presunção cética, podes me provar que isso seja impossível? O espaço é tão relativo quanto o tempo, sabemos eu e tu que eles são a dupla face de uma mesma folha vazada por buracos. Tu o sabes com a tua racionalidade; eu, com a minha intuição. Ah, sim, a infeliz enfermeira, Maria, Maria Rosa, simpática, prestativa, lembro-me bem dela, que Deus a tenha nesse Céu no qual tu não crês, voltemos a ela. Maria subiu à biblioteca, esta mesma onde estamos, e retornou ao quarto para presentificar o texto. Tu me compreendes? Acredito que não. Tu também és materialista, semelhante a todos os outros. Apenas és mais metódico, especulativo, mais analítico do que eles, mais cientista, só isso.

— Vó, não precisa ser agressiva com os outros quando eles não concordam contigo.

— Silvinha, cuida do teu cachorro e não perturbes a conversa.

— Diga-me, dona Ana, a senhora afirma que o espírito permanece na casa e que ele busca o mesmo que o motivava há cinquenta e nove anos. O que seria? As cores? As emanações energéticas dos moradores?

— Mas é óbvio. Ainda não compreendes por qual motivo ele ditou a carta à enfermeira? Para disseminar a ebulição de mesquinhas reações ao seu teor e de respostas às reações, e assim por diante. Ele agiu como um jardineiro adubando a terra para o plantio. E que colheita ele teve e tem tido desde então. Tu compreendes, agora, por que afirmo tratar-se de uma carta? O espírito é o remetente, e os destinatários foram e continuam sendo os membros de minha família. Ele é o pescador que concebeu a extraordinária isca; nós, os peixes. Tu vislumbras a força que ele deve ter acumulado após décadas de bem servidas refeições?

Finjo que não percebo Silvinha imitando os movimentos natatórios e a imóvel expressão facial de um peixe. Sant'Ana simula interesse por algo invisível situado no lado oposto da sala. Somente Ozzy registra que notou a cena, resmunga, pois a mamãe parou de lhe afagar a barriga.

— O fantasma disseminou a cizânia, é isso, dona Ana? O teor da carta indica que sentimentos negativos encontravam-se já enraizados na família, porém, colocá-los no palco, por intermédio do texto, produziu o mesmo efeito da concha acústica que amplifica as vozes. As pessoas passaram a detestar-se ainda mais. Foi a essa amplificação que a senhora quis se referir?

— Pensei que eu houvesse sido clara. Sim, o que eu disse foi isso que tu repetiste. Amplificou. Induziu a variações, que se ramificaram, mudaram de aparência, ganharam ou forjaram novos motivos, geraram consequências, adquiriram novos rostos. Atualizaram-se. Perpetuaram-se. Cumpriram e cumprem o preceito bíblico referente à multiplicação da vida; no caso, a multiplicação das execráveis paixões inerentes à vida. Concebes a extensão da lavoura cultivada pelo espírito? O poder que ele acumulou através do tempo e dos espaços atormentados deste prédio?

Silvinha diz que é uma couve-flor na horta do fantasma. Ozzy Osbourne reclama.

Quero recapitular os pontos à sombra da timbaúva nesta nova manhã de calor acachapante, se Gueli permitir. Aí vem ela, com seu short e as coxas grossas lustrosas de suor, seios-melões explodindo para fora do decote-janelão e retesados pela camiseta branca, molhada e tornada de vez transparente de tão colada ao corpaço; olhar que, sem trégua, alterna atenções entre os meus olhos e o baixo-ventre. Vem perguntar se quero água gelada ou alguma outra coisa. Aparece o Lucas, correndo e dando notícia. "Cara, tu não imagina o foguete que eu mandei de fora da área, a bola bateu na trave". Gueli fecha o semblante. Salvo. Obrigado, Lucas.

Ele parece a maré que sobe e desce. Fala sem parar, faz perguntas e não ouve minhas respostas porque a incontinência verbal o impede de escutar. Cala-se. Volta a falar e a fazer perguntas que dispensam respostas. Cala-se.

Silêncio, enfim. Ler é ótimo, mesmo que seja essa duvidosa revista que tu abriste, Lucas. Muito bom, enquanto estiveres aqui, Gueli permanecerá desaparecida lá dentro da casa. Perfeito, grama rajada pela sombra da ramagem, canto de passarinho, Ozzy, deitado sobre o meu pé, fuça a formiga que passa carregando uma folha, brisa — até a brisa surgida por milagre no meio do bafo — vem ajudar.

Então, pronto, posso cerrar as pálpebras e ir aos pontos. Primeiro, Sant'Ana respondeu que dez anos era a sua idade quando a enfermeira Maria Rosa morreu, derrubou minha hipótese. Não acredito que uma criança de dez contivesse tanta maldade para escrever a carta. Raiva dos outros, poderia ter, não creio é que possuísse capacidade para elaborar texto tão repleto de raciocínios tortuosos. Sant'Ana era a mais velha das crianças referidas na carta, os tais netos que debochavam da avó moribunda. Se era a criança de mais idade, muito menos é possível que tenha sido alguma das outras. Mais plausível que a autoria pertença a uma das noras. Ou à filha, que não é citada no texto. A ausência na lista de odiosas figuras talvez a torne a mais suspeita de todas; essa, a mãe de Sant'Ana. Teria a menina Ana desenvolvido a obsessão pela autoria do fantasma como forma de negar a incômoda hipótese? Se a autora foi a mãe de Sant'Ana, ela incluiu a filha no rol dos netos deploráveis. Seu marido? O genro da moribunda também não é citado. Algum dos empregados? Entre esses, deveria haver quem odiasse os patrões. Talvez cada um dos empregados correspondesse ao requisito do ódio. Porém, ao menos um atenderia ao requisito do domínio das letras?

A suspeita conduzida em direção aos dois filhos homens e às noras abre curiosa perspectiva: um cinismo enraizado o suficiente para citar a si próprio na lista dos repugnantes. Nesse caso, o autor ou autora deve ter sentido tanto júbilo de seu feito quanto o expresso pelo fantasma falante que criou. Todas as alternativas me soam absurdas, porém, a carta existe, estive com as folhas amarelecidas em mãos, e os testemunhos garantem que o texto insano veio ao mundo junto com a morte de Maria Rosa. A hipótese mais plausível seria a do empregado ressentido, se fosse crível que alguma daquelas pessoas — incultas, segundo os depoimentos — houvesse sido possuída por súbita inspiração para escrever texto exemplar quanto ao modo de destilar veneno. Pai ou mãe de Sant'Ana, essa é a hipótese dupla que me parece restar menos improvável.

Dois. Suspeito que essa não seja a hipótese de Silvinha. Por que ela me segredou ontem, quando descemos a escadaria, que sua avó teria, na verdade, quatorze anos quando a enfermeira morreu? Silvinha é avoada, pode ter confundido datas e informações que conheceu de segunda mão. Mas por que ela não contestou abertamente a resposta da avó à minha pergunta? Por que o cochicho? Sant'Ana mentiria sobre a idade para afastar-me dessa hipótese? Quatro anos a mais seriam suficientes para colocar no limite do possível a alternativa de uma jovem e infernal autoria? Se, aos quatorze, Sant'Ana escreveu a carta, o que poderia ter escrito depois? Os outros me disseram que ela sempre foi amiga de livros de difícil leitura, desde menina. Contaram-me que ela escreve, ou escreveu, pois não há prova de que o hábito tenha sobrevivido, textos longos e jamais lidos por alguém que não ela mesma. Talvez apenas o marido, falecido antes de se tornar idoso, tenha conhecido tais escritos. Estão nas cerradas gavetas superiores do armário escuro na biblioteca. Sant'Ana, dizem, esconde as chaves nas vestes. Mas não há certeza sobre isso, nem sobre os textos lá estarem, nas gavetas, nem sobre as chaves. Perguntarei ao José Carlos a idade de Sant'Ana.

Terceiro. Por que tantos membros da família permanecem morando neste arruinado prédio de seis apartamentos se isso lhes causa mal-estar? Para Sant'Ana, eles necessitam deixar-se sugar pelo fantasma de modo similar ao do dependente químico que não consegue livrar-se das drogas. Mas isso quem diz é Ana, chamada de santa pelos outros para lembrar-lhe de que é louca. Juntando fragmentos do que ouvi, suponho que encontrarei explicação racional. Hum, precisas voltar a matraquear, Lucas? Certo, certo, é isso mesmo e coisa e tal, nem me esforço por entender o que dizes, pois dispensas minhas respostas, mas também já não consigo estar só eu com meus pensamentos. Certo, maravilha, a maré recua de novo? Vais permanecer em silêncio por mais um tempo? Quieto, Ozzy, não precisas rosnar para o pardal que saltita em frente à porta da cozinha, ele é inofensivo, não vês? Ou terá sido para Gueli, que espionava pela fresta? Bom, Ozzy e Lucas, posso voltar às hipóteses? Sei que os herdeiros entraram em desavenças de iras extremas por causa da partilha, após a morte da antiga avó. A famosa carta foi um tonel de querosene atirado à fogueira que já queimava alto. Não chegaram a acordo sobre a venda do prédio familiar, que continuou pertencendo a todos e a ninguém. Houve quem tenha ido embora e voltou, quando o tempo cobriu as brasas com cinzas. Mas, acordo, esse nunca aconteceu. Então, vejamos, as gerações se sucedem e, putz, não será agora que organizarei meus pensamentos, surge o José Carlos com o saco de carvão embaixo do braço, grita que o pessoal já vem para o churrasco.

— E aí, tchê, me explica de novo, não entendi, tu é casado ou não com a gata aquela que veio aqui outro dia?

Sérgio Luís, o garanhão, sempre pergunta o mesmo desde a semana passada. "Sérgio, deixa o cara em paz, a gata é dele, não é tua", José Carlos interfere no papel de irmão mais velho e segundo em comando, abaixo apenas de Sant'Ana, que permanece reclusa na biblioteca e não descerá ao pátio, pois reprova encontros movidos a cerveja, caipirinha e vozerio em volume invasivo.

"Perguntar não ofende, só estou perguntando, aquela gata é muito gata, por que ela não veio hoje?", retruca Sérgio Luís, olhando nem para José Carlos, nem para mim, mas para Gueli, que corta o churrasco e faz cara de quem intenciona enfiar a faca na barriga de alguém, espero que no Sérgio. Nada preciso responder, a conversa, a cerveja e o calor são um giro louco que dispensa conexões de uma frase à outra.

Vou de canto em canto, converso rápido com alguns, mais rápido com outros. Encharcam-se de caipirinhas e se fartam de carne nesse bafo que chega perto dos quarenta graus e continua subindo.

Tento forjar algum pretexto para perguntar ao José Carlos sobre a idade de Sant'Ana. Não me ocorre nenhum. A pergunta é simples, preciso mesmo de um pretexto?

— A idade da mãe? Olha, não tenho certeza, acho que é setenta e... três? Cármen, qual é a idade da minha mãe? Não sabe? Olha, pergunta direto pra ela, só ela é quem sabe. Guedi, ei, Guedi, aqui, traz mais cerveja.

Sérgio Luís interrompe minha investigação, tem mania de segurar pelo braço e arrastar-me para outro lado.

— E aí, tchê, está de férias? Não vai pra praia?
— Sérgio, o nome da Gueli é Gueli ou é Guedi?
— Interessado nela, meu? Já não chega aquela tua gata e tá de olho na minha empregada também? De santo, tu só tem a cara, hein? Me diz aí, ainda não entendi o que tu vem fazer todos os dias aqui em casa. O que tu procura lá nos livros da mãe? Guedi, vem cá, põe mais uma costela no fogo. O quê? Acabou?

O velho César, vou me sentar ao seu lado, pode ser que ele saiba. Preciso pensar em algum assunto. Coitado do Ozzy, aí está, de rabo caído, quer afago; Sérgio lhe encheu de tapas porque não parava de ganir pedindo churrasco. Ótimo, César inicia a conversa. Quando encaixar, pergunto a idade de Sant'Ana.

— Salada? Sim, obrigado, Guedi, quero mais um pouco.

Essa conversa não vai levar a nada, César é mais caquético do que pensei. Será que ele sabe a própria idade? Não deveria estar assim debilitado, sua idade é menor do que a de Sant'Ana; isso, ao menos, eu sei. Que crianças barulhentas, o Lucas é sereno comparado à Rita e a esses dois baixinhos. Não me deixam entender o que o velho diz, algo sobre os enferrujados encanamentos do prédio. José Carlos está chamando, será que lembrou a idade de Sant'Ana?

Não. Está contando para os primos e a ex-mulher, a ruiva, mãe de Silvinha, sobre as complexas decisões que tomou ontem à tarde no banco, quer que eu ouça. Um dos primos parece estar escutando de verdade, faz perguntas pertinentes. Esse zum-zum não deixa de ser uma forma de silêncio, onde posso me ausentar do que me rodeia e voltar aos pensamentos. Por que estou chateado além da conta? Respondo-me: estou aborrecido porque Silvinha ainda não chegou. Ontem ela avisou que ensaiaria até o meio da tarde com os garotos da banda. É perturbador que eu sinta desse jeito a sua falta. Poderia ser seu pai, e tenho a minha gata. Deve ser efeito de pulsões tortas introduzidas em meu espírito pelo fantasma.

Aí vem Sérgio com o braço em torno dos ombros do sobrinho Lucas. "E então, malandro, de olho na empregada da casa, hein?", José Carlos, os primos e a ex-mulher viram-se para mim, intrigados e divertidos. Sérgio explica: "É mano, o cara aí tá interessado na Gueli, eu flagrei o safado olhando pro bundão da gostosuda". Não adianta desmentir, as risadas estabelecem que a informação do Sérgio é verdadeira e pronto, fim para os meus protestos. José Carlos me dá um tapa nas costas e me oferece novo copo de cerveja derramando espuma pela borda. "Olha, é bom não se interessar pela Guedi, ela é do Sérgio, entende?". O garanhão retruca — "Tá certo, tá certo, Zé, a Gueli é minha, mas posso usar nossa empregada pra propor uma troca aqui pro convidado, não posso?". Sim, eles são toscos demais para perceber que um limite foi ultrapassado. "Senti que a gata aquela que veio aqui outro dia vai entrar no negócio", treplica o José Carlos. Ainda bem que as risadas me dão o tempo suficiente para decidir que o melhor é continuar calado.

— Ih, vocês não sacam nada. Ele não tá a fim da Guedi, ele tá a fim é da mana — o raio disparado pelo Lucas converte os risos em silêncio.

— O que é isso, Lucas? — é tudo o que consigo contestar, com voz sumida.

— Como é que é, Lucas? — pergunta José Carlos com outro tipo de voz.

— É, pai, a Silvinha e ele, tá rolando um tesão entre os dois.

— Tu deves pensar que desprezo minha família. É verdade, desprezo-os. Mas quantas formas de desprezo são as que existem? O desprezo mais doído é o amoroso. Aliás, pergunto-te, tens conhecimento de alguma forma que não derive de expectativa amorosa decepcionada? Importa-me pouco a mera condição de ser a pessoa desprezada e me aflige ser o espírito que despreza a quem ama. Menos ainda me toca o banal desprezo inventado pelo amante traído para se proteger da dor. O vínculo carnal entre marido e mulher pertence às formas amorosas mais baixas. O amor de pais e avós pela descendência é o amor entre humanos mais alto que existe. Acima desse, o amor por Deus, que é mais alto do que os outros porque estes só existem como imitações imperfeitas do amor mais elevado, ainda que poucos tangenciem a compreensão disso. E, mais acima, o amor imaculado de Deus por suas criaturas. Tentar imitá-lo é o ideal mais puro ao qual um espírito pode aspirar. Rejeitamos o Criador, desprezamos os amores que nos decepcionam. Desprezar é tanto mais dolorido quanto mais o sentimento negativo deriva de expectativas sobre amores elevados. Alimentar indiferença é imunizar-se contra a decepção do amor. Imunizar-se é criar couraça, a couraça sufoca quem a usa. Se não é para amar como Deus ama, melhor seria não amar. O mal se alimenta da decepção do amor. Tu me julgas louca, eu sei, quase posso escutar teus pensamentos. E a tua linda amada, porque costuma ouvir de mim através de ti, também me julga insana. Momentos há em que vocês dois duvidam de seu veredito. Deixem-me tranquilizá-los, vocês estão certos. Sou louca. Não existe quem não se proteja daqueles a quem ama, não existe um só humano que não se torne louco. Talvez a longa jornada através de muitas existências não tenha por finalidade outra meta que o libertar-se da potência que gera desprezos.

A pausa de Sant'Ana é ordem silenciosa para que Lara e eu redobremos a atenção.

— Existem aqueles que crescem na direção oposta. Desprezam sem dor. Viciam-se no prazer que a força do desprezo dá. Sem dor, sem culpa, sem fraquezas.

Sim, momentos há em que Sant'Ana parece mais atriz do que louca. Atriz e autora. Vestir-se de atriz permite-lhe declamar a exegese sem fim do texto ancestral. Mesmo que não tenha escrito a carta, tornar-se sua intérprete confere-lhe a autoria da declaração dos verdadeiros e múltiplos sentidos a serem, dia após dia, extraídos da mensagem.

Lara concede gentil atenção à continuação do discurso de Sant'Ana. Observo minha amada. O amor é o cochicho de Deus ouvido na voz do outro, ela me disse no final do inverno, num passeio de especial enlevo à beira do lago, quando cisnes surgiram da neblina nadando em fila.

O sublime desarma o espírito, meu olhar distraído flutua até a sala contígua deste apartamento que é, inteiro, biblioteca. Só agora percebo que Silvinha lá se encontra, esparramada no chão, pernas, uma vez mais desnudas, apoiadas sobre a parede. A lei da gravidade não conhece exceções, faz o leve e curto vestido de verão cair ao ponto de expor as virilhas. Deste ângulo oblíquo, o decote de alças rendadas oferece a visão dos seios redondos e duros como duas granadas. A persiana desenha por todo o corpo listras de sombra e sol. Um livro aberto em repouso sobre o colo aguarda que a preguiça permita à adolescente voltar para a leitura.

Tudo isso seria apenas uma visão linda, se não acontecesse o terrível: ela parece ter sentido meu olhar. Gira o rosto, e seus grandes e calmos olhos fitam sem medo os meus, nada escondem e nada cedem à premissa de que seria preciso justificar que assim, presos pelo olhar, permaneçamos.

— Lara, o que Sant'Ana falou sobre o fantasma?
— Tu não ouviu?
— Mais ou menos, não estava prestando atenção. Algo sobre ele insuflar confusão emocional e drenar energias além da casa, por toda a Cidade Baixa, foi isso?
— Quase. Sant'Ana afirma que o poder do fantasma cresce na medida em que se alimenta bem e, como ele tem refeições fartas há décadas, seu raio de ação se expandiu. O epicentro é a fonte original, este prédio. O diâmetro de seu território continua crescendo. Assimilou toda a Cidade Baixa e porção do que está para o lado de lá da Praça Garibaldi. Na direção oposta, parte do Alto da Bronze. Ele também passou por cima do Parque da Redenção e engoliu um pedaço do Bom Fim. Diâmetro é modo de falar, não se trata de um círculo perfeito. A forma geral

é ovalada, mas apresenta irregularidades porque, em sua expansão, encontra zonas de atrito, que são as áreas de influência de outros espíritos predadores.

— Pois é, captei que Sant'Ana falou em outros. É uma espécie de sociedade em outro plano que domina a nossa?

— Tu não ouviu porque estava olhando pra Silvinha, certo?

— Certo.

— Bom, então o que Sant'Ana falou é que existe um sistema global produtor de cretinos.

— Global, é? E aqui no bairro? Pelo que ouvi, Sant'Ana detesta a Cidade Baixa, seus bares, os bêbados, os mendigos, tudo.

— Sim, ela se referiu aos bêbados que urinam nas paredes das casas e aos mendigos e cachorros que defecam nas calçadas. Sant'Ana odeia. Rejeita a aparência descuidada dos prédios e o que diz ser a falta de educação das crianças, que se dirigem a ela e a outros velhos com gracejos. Sant'Ana detesta o ar boêmio do bairro à noite e sente nojo dos casais gays que andam de mãos dadas, aos beijos. Despreza os terreiros de umbanda. Acho que até racista ela é. Sente asco quando a batucada dos blocos se mistura, no carnaval, aos sinos chamando para a missa. E despreza também as donas de casa que vão penitentes às igrejas e, nem por isso, param de fofocar. Ela rejeita a todos. Gostaria que sumissem os estudantes que falam espanhol, inglês, francês, não porque venham de outros países, mas porque, segundo ela, são sujos e drogados. Fica repugnada ao ver gente com o corpo cheio de tatuagens.

— Então nem a neta escapa da ojeriza da avó.

— Sant'Ana odeia e ama. A avó proíbe, Silvinha desobedece, simplesmente desobedece. Sant'Ana tem que engolir.

— Ouvi algo sobre galinheiros. Tem relação com isso?

— Tem, foi uma comparação. Ela me mandou pensar em galinhas. Ela te mandou fazer o mesmo, tu não escutou porque estava flertando com a Silvinha. As galinhas têm uma certa noção de que existem pra ser abatidas, porém nem imaginam que o mesmo acontece em galinheiros e aviários pelo mundo afora. O mundo é uma dimensão muito além do que a mente galinácea pode conceber. O mesmo em relação a nós e aos espíritos que nos sugam, somos as galinhas deles. Existem espíritos predadores de hierarquias diversas. A área de influência pode ser representada como se fosse uma concha, uma atmosfera energética. Podem existir conchas dentro de conchas, assim como há quartos dentro de casas, que existem em ruas que estão dentro de bairros, que pertencem a cidades, que estão dentro de regiões e assim segue. Sant'Ana diz que esse sistema de parasitismo espiritual explica a história do mundo. Os fantasmas competem pela posse dos territórios e, ao mesmo tempo, colaboram entre si para manter a dominação.

— E como Sant'Ana sabe de tudo isso? Ela não é uma galinha?

— Ela disse que as galinhas, no fundo de sua alma, têm a intuição de que a verdade está lá fora. E dentro.

— Dentro?

— Dentro de seu coração e do galinheiro onde estão confinadas.

— Sant'Ana ouviu a intuição e foi pensando, pensando, pensando sobre a verdade, até montar um quebra-cabeça?

— Ela falou pouco sobre isso, nem eu perguntei. Ela sugeriu algo sobre existirem outros como ela, galinhas videntes.

— Sei. E sobre os fantasmas? Cada um deles, um dia, foi humano. Esse seria o destino de todos nós? Eu e tu viraremos espíritos maléficos?

— Eu, não. Tu, é bom tomar cuidado. Eu te ajudarei a caminhar na direção da Luz. Sant'Ana falou que passamos por muitas existências e, através delas, vamos nos definindo como pertencentes ao Bem ou à legião dos desencarnados perversos que dão origem aos demônios. Os dois exércitos trocam energias com a humanidade e procuram nos puxar pro seu lado.

— Entendo. E a ração que esses aspirantes a demônios usam em nós são estímulos emocionais danosos e num crescendo de intensidade, é isso?

— Isso. Tu acha que Sant'Ana é biruta ou é performática? Ela diz coisas preciosas, mas põe tudo a perder com o ar de quem sempre se coloca acima dos miseráveis que somos todos nós, os outros. Mesmo quando diz que se importa pouco em ser desprezada e se aflige por desprezar, parece que aí, mais do que nunca, fala a vontade de se exaltar. O que tu acha?

— Não sei. Talvez ela mais represente o papel daquilo que os outros chamam de louca do que de fato seja. Mas, pra se fingir de louco, não é preciso ser louco?

— Quem pode saber? Olha, faz de conta que acredito em Sant'Ana: se existe uma dimensão invisível assim como ela descreveu, qual dos moradores deste prédio é o candidato mais forte a se tornar aspirante ao posto de demônio quando desencarnar? A própria Sant'Ana? Cuidado, aí vem o Sérgio Luís.

— Oi, Sérgio, tudo bem contigo? Que dia mormacento está hoje.

— E aí, tchê, conseguiu encontrar o que procura na biblioteca da mãe? Oi, Lara, é Lara o teu nome, não é?

— Lara.

— Sabe, Sérgio, é como te expliquei outro dia. Não procuro nada de específico na biblioteca de dona Ana.

— É? E procura o quê então?

— Foi bom eu passar a vir acompanhado todos os dias, Lara. Desde que o Lucas me denunciou no churrasco, preciso de ti como escudo. Eles pensariam que continuo a vir por causa da Silvinha, se viesse só. A minha sorte foi ter conseguido naquele dia, não sei como, rebater com gracejos a acusação do Lucas. Consegui falar do mesmo jeito que eles, com piadas e desvios de assuntos. Acreditaram em mim.

— Ou fingiram acreditar.

— Ou isso. É mais cômodo manter as aparências.

— Como é gostoso aqui embaixo da árvore. Nesse horário, o calor ainda não castiga.

— Qual foi o livro de Sant'Ana que tu pegou hoje?

— Este aqui, da Tereza de Ávila. Tu pegou a mesma enciclopédia de ontem?

— A mesma. A Guedi estava nos espiando ainda agora.

— Eu vi. Ozzy, vem cá. Isso, aqui, que bonito, que cachorro simpático. Assim, isso, deitadinho aqui. Eu coço a tua cabeça. E o que tu acha, foi a Gueli naquela noite?

— Continuo pensando que parecia mais o vulto da Cármen. É difícil, as três têm tamanhos parecidos. Sant'Ana é a que tem mais familiaridade com a biblioteca, isso ajudaria a se deslocar no escuro sem esbarrar em nada.

— E o César? Dos homens é o que tem menor estatura. Acho que devemos incluir na lista.

— Mas ele se vestiria de mulher pra nos espionar? Por quê?

— Tem certeza de que era um vestido o que o vulto usava? Camisolas parecem vestidos. E se fosse uma mortalha, hein? Ainda existem mortalhas? Já pensou se foi alguém antigo usando uma?

— Ah, sim, vai ver foi o fantasma da enfermeira tentando fazer contato, queria nos revelar quem foi o autor da carta. Perguntou pra Sant'Ana sobre o destino do bebê?

— Ela me disse que nunca mais souberam dele nem da mãe da Maria Rosa. Sant'Ana me disse que, em certa ocasião, vinte anos depois, um rapaz desconhecido, por dias seguidos, passava pela rua e se demorava a olhar pro prédio. Talvez fosse o bebê transformado em jovem adulto e conjecturasse sobre o que aconteceu à mãe. É uma história triste, não é?

— Sim, a carta revela um mundo triste.

— Estou me referindo ao bebê sem pai e que perdeu a mãe. E à família que nem se interessou pelo destino da criança, mesmo que a enfermeira trabalhasse pra eles.

— Eu também.

— Certo, entendi. Em qual desses apartamentos mora a Cármen? Ela é prima em que grau do Sérgio Luís? Acho que ele e a Cármen andam transando, vi o jeito como eles se olham e conversam. O marido dela é o magrão alto que me perguntou se gosto de livros velhos?

— Ele mesmo. O nome é Jânio. Não sei em que grau a Cármen é prima do Sérgio. Ela e o Jânio moram ali no apartamento da esquerda no primeiro andar. A Rita e um daqueles meninos barulhentos são filhos.

— O César mora sozinho no apartamento da direita? Cheguei a pensar que a Cármen fosse filha dele.

— A Cármen é filha de uma prima do César. Não sei qual é o grau de parentesco que isso dá com os filhos da Sant'Ana. E, sim, o César mora sozinho.

— Ele terá a chave do apartamento da biblioteca? Será que outros moradores do prédio têm?

— Não sei. Não perguntei, seria estranho. Sem fazer perguntas assim já estão desconfiados de mim.

— Em cima do apartamento do César, quem mora? José Carlos? O Sérgio vem todos os dias ao prédio, mas não mora aqui, é isso?

— Isso. O Sérgio vem dar alô pra Gueli, a Cármen e os demais. Ele está desempregado, vive de trabalhos ocasionais e da ajuda que Sant'Ana dá. Mora num edifício mais arruinado do que este, no Centro. Em cima do apartamento do César mora o José Carlos, com a Silvinha e o Lucas. A ex-mulher é aquela ruiva que tu encontrou na semana retrasada, lembra?

— Lembro. Ela é bonita. A Silvinha se mantém distante da mãe, pelo que observei.

— É verdade. Ela nunca dorme na casa da mãe. No apartamento de Sant'Ana, sim. Ela reveza os pernoites entre a casa do pai e o ninho da avó. Silvinha e Sant'Ana são muito amigas. Estão sempre brigando, mas não se desgrudam. Percebo que Silvinha adora a avó.

— Eu também. Está no olhar. Ela implica com Sant'Ana pra se divertir, e até pra se proteger. É uma forma de carinho.

— A avó entra no jogo e dá o troco. Sant'Ana se finge de braba. Na verdade, ela se derrete de amores por Silvinha.

— E no apartamento do lado esquerdo, no segundo andar, quem mora? Se não é o Sérgio, então é, deixa eu pensar, será aquele cara de bigode e a mulher fanhosa?

— Eles. São os pais do outro baixinho.

— Qual? Já vi meia dúzia de baixinhos por aqui.

— O que está com hematoma no rosto, bateu na quina da mesa esses dias. A fanhosa é sobrinha de Sant'Ana.

— Conversei rápido com ela algumas vezes. É filha do César?

— Não, o César não casou. É filha de outro irmão de Sant'Ana, o caçula, esqueci o nome. É Gládis o nome da fanhosa.

— Essa Gládis pode entrar pra lista de suspeitos?

— Acho que aquele vulto era mais alto.

— Ela poderia estar de saltos.

— Saltos fazem barulho.

— Nem sempre, depende do jeito como a mulher caminha. E o chão da biblioteca tem muitos tapetes.

— Isso colocaria até Silvinha na lista de suspeitos.

— Não. Silvinha nunca usa saltos, está sempre de tênis, sandálias ou descalça, e com as pernas de fora, se exibindo pra ti. Não teria sentido ela colocar saltos pra ir nos espionar. A Gládis costuma usar saltos, caminharia com naturalidade com eles no escuro. Por mim, coloco na lista. E o César. Ele tem cara de velho que dorme de camisola, se não for de mortalha.

— Está bem, a lista sobe pra cinco nomes. É silencioso aqui neste horário, não é? Perto do meio-dia, o pessoal retorna pro prédio e começa o tumulto. Acho que o sol já está mais forte, está sentindo?

— É, estou, até as borboletas vão parar de voar ao meio-dia. Que sombra fresca a desta árvore. Passa a mão na casca pra ver que gostoso é pro tato. Bom, então deixa eu completar o mapa. Sant'Ana mora sozinha no apartamento do terceiro andar, ao lado do outro, a biblioteca, onde não mora ninguém, só o fantasma de Maria Rosa e talvez o outro, o poderoso, o maléfico. Sant'Ana mora ao lado da cena do crime daquela noite.

— Acho que Sant'Ana é a principal suspeita, apesar da santidade.

— Silvinha dorme seguidas vezes no apartamento da avó. Teria dormido naquela noite?

— Silvinha não tem a altura do vulto, não usa saltos, e o coração dela não é desse tipo. Ela está muito mais pra se exibir do que pra espionar.

— Não vou discutir, o especialista no coração de Silvinha é tu. Eu também acho que não foi ela, falei antes, ela é guria e não tem essa mania de outras gerações, de se equilibrar em cima de saltos.

— Sabia que ela é uma ótima estudante?

— Não é bem assim, tu diz isso porque está fascinado por ela. Sant'Ana me contou que Silvinha não estuda nem é respeitosa com os professores. Até suspensa do colégio já foi. Mas é inteligente e tira boas notas nas provas mesmo sem estudar. Ela vai se formar no fim do ano e quer cursar a faculdade de música, sabia?

— Viu? Foi o que eu falei, é uma ótima estudante, tira boas notas sem precisar estudar.

— Quem sabe ela recebe ajuda de algum poderoso espírito do mal?

— É, pode ser. Eu sabia que deseja estudar música, ela me falou.

— Sim, claro, evidente que ela te falou. Imagina que não.

— E me convidou pro show de depois de amanhã. Se não formos, ela fica amuada.

— Sim, vamos. Ela me convidou também. Estou curiosa pra assistir à performance. Fuck it, jerk, o nome da banda, certo?

— Ela me disse Nightmare.

— Tudo nesta casa tem respostas duvidosas? Até o mapa do prédio é confuso. No terceiro andar, vi um lance escondido de escada. Pensei que o terceiro andar fosse o último.

— Aquela escada leva ao sótão. Daqui não se avista a janela, nem da calçada em frente. Ela dá pra lateral do prédio, só se avista da esquina. Gueli, ou Guedi, dorme lá, quando pernoita no edifício. Não sei se naquela noite ela dormiu no prédio.

— Por que Sant'Ana mora no terceiro andar? Não seria mais justo ela se mudar pro primeiro? Assim evitaria subir escadas. Na idade dela, isso pode se tornar importante.

— Acho que ela prefere continuar lá porque sempre morou naquele apartamento. Sant'Ana é apegada às lembranças. E subir escadas deve lhe fazer bem, ela aparenta conservar a força, ao contrário do César, que tem menos idade e está um caco de tão fraco.

— Ele é alcoólatra?

— Encontrei o César de olhos avermelhados e cheirando a bebida algumas vezes. No churrasco, tomou um pileque. Deve ser.

— É admissível que uma jovem senhora vá acompanhada por amigas, duas ou três vezes durante o ano, nas sessões vespertinas do cinema, considerando-se que o esposo trabalha e não a pode acompanhar nesse turno. Sozinha, jamais. À noite, obrigatoriamente na companhia do esposo. Mesmo com esse, a prudência recomenda que seja restringida a frequência da jovem senhora, pois é de bom cuidado proteger os nervos femininos de uma demasiada exposição aos estímulos das películas cinematográficas. Registros médicos demonstram que a associação entre afecções nervosas no sexo frágil e hábito cinemaníaco é um fato indesmentível.

"Ainda bem que vou pouco ao cinema", consegue dizer Silvinha com os fonemas separados pela gargalhada que lhe estremece e faz parecer que o dragão tatuado no ombro está a flanar.

Ela pede que eu lhe mostre todos os turbopeidos que encontrei na coleção de livros. Inventou o termo quando falei das virgens que se afogavam em lágrimas por se converterem em solteironas aos vinte e dois anos.

Da outra sala, Sant'Ana grita para que Silvinha ria mais baixo, quer prosseguir em sua conversa com Lara numa altura civilizada de voz, sem precisar competir com guinchos e uivos.

— Ler é bom, mesmo que seja para debochar do saber antigo. Algum dia descobrirás, nos livros, algo mais do que motivo para risadas.

— Ih, vó, até parece que não leio bastante.

— Nem tanto. E só o que não presta.

Intervenho logo com os tigres, eles são traiçoeiros, cruéis e mesquinhos, antes que Silvinha retruque. "Sério? Tadinhos dos tigres, o que eles fizeram pra merecer essa calúnia?". Os leões são leais e generosos. As leoas são mães exemplares, e o macho é o honrado senhor da família. "Uns são honrados e outros, mesquinhos? Que gente mais louca, enxergaram tudo isso nos bichos?". As hienas são histéricas e fingidas. "Fingidas? Como assim?". Os chimpanzés são desonestos. "Eles furtam carteiras?". E o polvo tem caráter ainda mais medonho do que a sua aparência. "Mentira, eu vi um documentário que mostra como eles são inteligentes e sensíveis. Até olhar sonhador eles têm. Medonho é quem escreveu essa bobagem". A águia é altiva, sua índole é nobre. O gavião é vil. E do urubu nem se fala, ele é a mais desprezível das criaturas. "E a serpente? Não é mais desprezível do que o urubu?". É diferente, a serpente tem potência, é a rainha do Mal. A justiça divina se revela na condenação da serpente a rastejar. "Pobres dos bichos, foram condenados a serem espelhos. O que esses caras tinham na cabeça para inventar tanta bobagem? É muita merda".

— Silvinha, controla a língua.

— Tá, tá bom, vó. Desculpa.

"Mas que é muita merda, é". Ela cochicha encostada em mim. Sinto o hálito de maconha, deve ter fumado mais do que um baseado durante o ensaio da tarde. Ela capta que senti. Sorri, oferece-me a outra metade do chiclete de hortelã que disfarçará o hálito. "Lê mais". É bom ler assim, com a pele de seu braço roçando no meu. Com o canto do olho percebo que Lara me vigia com o canto de seu olho, lá da outra sala.

— Esse outro aí, é aquele de ontem? O que diz que a esposa deve saber como se faz um bom doce de goiaba?

— Não, ainda não li este. O manual do comportamento é aquele ali, da capa rosa. Lugar de mulher é dentro de casa, lembra?

— É muita merda.

Se eu desligar o abajur, a biblioteca ficará sombria como naquela noite, faltaria apenas Lara estar deitada comigo, aqui no sofá, e o vulto reaparecer. Não. Seria necessária outra condição para reconstituir a cena: que Silvinha silenciasse o disco do Slayer que colocou a tocar no apartamento de Sant'Ana.

Há outro aspecto a ser corrigido para que a noite presente se torne igual à passada, a estatura do vulto. Esse, que vislumbro a se aproximar no escuro da sala contígua, é um palmo mais alto.

— Boa noite, José Carlos, como foi o dia?
— Difícil, maçante, cara. Fui obrigado a revisar toda a documentação de um correntista antigo. Pediu empréstimo e estou sem jeito de dizer a ele que as garantias exigidas estão acima de seu nível de renda. Mas isso não é

nada. O pior foi o ar-condicionado pifar nesse calorão, e os funcionários e os clientes ensaiarem uma rebelião. Não foi fácil, que diazinho do cacete. E depois do expediente ainda tive que ir na escolinha de futebol convencer o diretor a não expulsar o Lucas, ele encheu de porradas um outro guri. E o teu dia? Por essa pilha de folhas aí, estou vendo que foi produtivo.

— Nem tanto, a pilha é da semana toda. O calor me deixa zonzo, não consigo me concentrar. Por que o Lucas bateu no outro?

— É rixa antiga. Eles disputam a titularidade na lateral direita. Vivem discutindo. Hoje partiram pro pau. Meu argumento a favor do Lucas foi o seguinte, ele ganhou a briga porque é mais forte, o futebol precisa de força, então é melhor perdoarem o Lucas por ter amassado a cara do outro e escalarem de titular de vez, ele, que é guerreiro.

— Aceitaram o argumento?

— Não. O técnico e o puto do diretor decidiram advertir e deixar os dois brigões fora dos treinos da semana.

— O Lucas não me parece assim tão forte.

— E não é mesmo. Ele é rápido, isso sim. O outro é que é fracote e molengão. Tem habilidade com a bola, coisa que o Lucas tem pouca, mas só com talento ninguém ganha. Mas, diz aí, com essa pilha toda de anotações, ainda não encontrou o que procura?

— O que procuro sempre tem mais pra ser achado. Dá uma olhada.

Volto ao livro do século dezenove, enquanto José Carlos finge que lê meus papéis. Descobri que objetivo dos mais importantes na missão civilizatória do Ocidente era extirpar a preguiça que dominava os hindus. Recusavam-se, "os pardos", a concluir em prazos hábeis as ferrovias que permitiriam o transporte das riquezas do interior para os portos. Espio a testa franzida do José Carlos, ele agora se interessou de verdade pelo que está anotado em alguma das folhas, gostaria de saber o quê.

— A Silvinha me falou que está te ajudando. Ela ajuda ou atrapalha?

— Ajuda muito. Ela compreendeu o que procuro, e o seu auxílio é precioso no garimpo dos materiais que me interessam nas enciclopédias, nos livros e nas revistas. Os almanaques de antigamente estão entre as fontes mais valiosas pra minha pesquisa. A Silvinha ajuda e se diverte.

— Sei, imagino como se diverte. E essa sonzeira que ela botou no apartamento da mãe aí do lado, não te incomoda? O edifício está tremendo. Vou ali mandar a Silvinha baixar.

— Não, obrigado, José Carlos. Deixa. Acho engraçado. Fico pensando, como dona Ana suporta esse som alto? Slayer tocando a todo volume no apartamento de dona Ana, é difícil de acreditar.

— Olha, a mãe é surpreendente, acho que tu já notou isso. Não duvido que ela esteja curtindo essa barulheira. Vive falando em demônios, quer saber tudo sobre essas bobagens. Então, nada melhor do que estar com o som do inferno dentro de casa. Qual foi o nome que tu falou?

— Slayer, é a banda favorita da Silvinha.

— Pelo jeito tu entende desse troço também.

— Quase nada. Aprendi um pouco nessas três semanas. Silvinha tem me explicado o que é o thrash.

— E o que é? Essa barulheira? O que me deixa danado é pensar que me mato trabalhando e um bando de drogados fatura milhões com essa merda. Quem tem bom senso é a tua mulher, foi embora mais cedo. Vocês são casados, certo?

— Ela não foi embora, está com dona Ana e Silvinha.

— O quê? Ela está no apartamento da mãe aguentando esse barulho? A troco de quê?

— Ela e dona Ana estão jantando. Depois, as três voltam, vão continuar me ajudando na pesquisa.

— Vocês quatro são loucos, tu, a tua namorada, a minha mãe e a minha filha. Quem acredita numa coisa dessas? Jantando com esse som ambiental do inferno. E tu? Por que não foi também fazer uma boquinha?

— Estou sem fome.

— Claro, o teu alimento são os livros velhos da minha mãe. Li aqui uma anotação que me deixou curioso, eu não sabia que existem pirâmides ocultas pela floresta amazônica.

— Não existem, ao menos, nunca foram descobertas. E, se até hoje não foram descobertas, nesse mundo que já foi todo esquadrinhado, é porque não existem. A enciclopédia antiga é que conjecturava sobre a sua localização, com base no diz que diz de alguns aventureiros. Era um mundo ainda pleno de lugares longínquos e desconhecidos, assombrado por crenças fantásticas. Lê a outra anotação nessa mesma folha, José Carlos, é sobre um crocodilo que teria sido avistado, tão grande que engoliu uma canoa.

— Leio, mas primeiro me explica, vejo anotações tuas

sobre medicina, política, comportamento, então elas não se restringem a coisas fantásticas.

— Como não dizem respeito ao fantástico? Todas as minhas anotações registram o assombroso que não está apenas em pirâmides ocultas pela floresta. Lê de novo. A masturbação faz crescer pelos nas palmas das mãos. Tigres são mesquinhos. Os hindus cometem o pecado da preguiça porque não trabalham em prol da riqueza dos ingleses. Qual é o lugar da mulher? É na cozinha. Os juízos do Sumo Pontífice, sobre todas as questões, são infalíveis. Queimarão no inferno os homossexuais. O presidente está acima de interesses parciais, quer o bem de todos, é o grande pai da nação. A sociedade é harmoniosa como um organismo, as partes trabalham pro bem do todo, alguns homens estão na cabeça, outros desempenham as tarefas dos pés. Prazer faz mal. Isso tudo não é mais fabuloso do que um crocodilo que engole canoas?

— Tudo bem, tudo bem, entendi sem entender onde essa coisa vai dar. Acho que tu é louco. Mas, ok, vou ler as tuas anotações, quero saber do crocodilo maior do que uma família de muitos primos.

De volta ao silêncio ocupado apenas pelos decibéis do disco que Silvinha adora. Por pouco tempo, a nova sombra que vem da sala escura à luz assemelha-se ao vulto da outra noite.

— Olá, Cármen, como está?

— Oi, Celso. Zé Carlos, eu não aguento mais esse barulho, minha cabeça vai estourar. Manda a tua filha desligar o som.

— O nome dele não é Celso, Cármen.

— Ah, confundi, desculpa. Mas não é isso o que importa agora. Zé Carlos, manda a Silvinha acabar com esse inferno.

A ramagem espessa da timbaúva esconde-me a visão de Lara, enxergo-lhe apenas os lindos pés contornados pelas tiras das sandálias, o esquerdo cruzado sobre o direito. Não preciso vê-la para saber do modo tranquilo como está recostada na cadeira preguiçosa, entremeando a leitura com a apreciação de flores, borboletas e de um pouco de lixo que o pessoal do prédio deixou jogado à relva, iluminados, flores, borboletas, relva e lixo, pelo sol ainda inclinado da manhãzinha deste novo dia que promete ser quente.

Eis que aparece outra bela. Silvinha deixa a porta bater com estrondo e cruza o pátio dando pulinhos, para juntar-se a Lara. Saltitante, jeito engraçado, parece uma menina de primeiro ano escolar, feliz no início do dia que culminará na noite de seu show. Ozzy Osbourne vem atrás, sacudindo o rabo curto de buldogue misturado com raça indefinida. "Chegou cedo hoje, Lara. Ele está aí também?". O edifício inteiro deve ter ouvido a pergunta da voz aguda que, à noite, soltará trinados no palco de um bar esfumaçado. "Está, sim, Silvinha, na biblioteca, ainda escolhendo os livros que irá trazer. Daqui a pouco ele desce". Curioso como o tom baixo de uma voz cristalina também se faz audível a distância.

— Sim, elas são lindas, cada uma ao seu modo, a tua esposa e a minha neta.

— Dona Ana, bom dia. Não percebi a presença da senhora.

— Faz uns bons cinco minutos que aqui estou, senão mais. Estavas tão absorvido na contemplação do pátio.

— A senhora adivinhou meus pensamentos. Sim, eu estava observando Lara, Silvinha, Ozzy, a timbaúva, a cena.

— Ficarás surpreso se eu te disser que leio pensamentos?

— Não.

— Não?

— Não me surpreende que a senhora diga que lê os pensamentos.

— Malicioso e evasivo como de hábito.

— Não, dona Ana, sincero e claro. Repito o que disse, não me surpreende que a senhora diga que lê pensamentos. Quer que eu seja mais direto? Não acredito que a senhora leia pensamentos e não me surpreende que diga que os lê.

— Sou mentirosa?

— Não necessariamente.
— Louca?
— Talvez.
— Respeito a tua sinceridade.
— A senhora acabou de me chamar de dissimulado.
— O mestre das ambiguidades és tu. Diz-me, será possível ser franco e dissimulado ao mesmo tempo?
— Talvez.
— Adivinhei tua resposta.
— E eu adivinhei a resposta que a senhora queria ouvir. Leio pensamentos.
— De fato, somos semelhantes na oposição de um ao outro.
— De fato.
— Sabes, tenho feito isso que fazias ainda há pouco, observavas. Observo-te quando pensas que ninguém te olha. E adivinho que, em silêncio, conversas com alguém. Às vezes, quando estás muito concentrado, teus lábios quase se mexem. Pergunto-te, é como se estivesses a narrar os acontecimentos e teus pensamentos a alguém?
— Sim, às vezes faço isso, mania de escritor. Para a senhora, deve ser fácil perceber, pois também escreve. Gostaria de ler seus textos.
— Não escrevo nem jamais escrevi, mas não estás de todo errado, é como se escrevesse, narro meus pensamentos para alguém.
— Deus?
— Talvez. E tu? Para quem estás a narrar tuas observações?
— Para um ouvinte imaginário.

— Alguém em outro plano?

— Sim, alguém em outro plano, um observador de minhas observações.

— Imaginário? Um personagem ouvinte, quem sabe um leitor, criado por ti?

— No momento em que narro, sim, um observador criado por mim. Um amigo invisível, crianças brincam de amigo invisível. Escritores são adultos que não se conformam em deixar de ser criança.

— Um fantasma?

— Sei o que a senhora quer dizer. Para satisfazê-la digo sim, um fantasma. Mas a satisfaço apenas em parte: um fantasma criado por mim. Ou a senhora quer que eu acredite que alguém está de verdade a me ler no momento em que narro para meu amigo fictício? A senhora e eu concordamos num ponto: sabemos da existência de muitos planos, muitos. Divergimos quanto à natureza desses planos.

— É claro que sabes desses outros planos. Em tua autoavaliação, és tão perspicaz, tão inteligente. Por certo tuas hermenêuticas dão conta de explicar todos esses outros muitos planos.

— Talvez sim e, mesmo que não, a constatação de minha precariedade não precisa ser compensada com a crença em planos acima da natureza onde existimos durante nossa breve existência. Sou grande o suficiente para aceitar que a percepção do quanto sou pequeno pode me tornar um humano melhor, mas, nem por isso, infinito como o infinito que vislumbro. É difícil aceitar isso, não? Amar a existência, vislumbrar o infinito e ter consciência de que, em breve, e para sempre, tudo isso deixará de brilhar para mim.

— Que sábio, que estoico diante do fim, que helênico. Mas voltemos ao teu amiguinho invisível, diz-me, quando narras para ele as tuas aventuras em minha casa, há flutuações na linguagem com que narras?

— Flutuações? Sim, é inevitável, a cada novo momento somos um pouco diferentes em nossa sequência de vida, não somos?

— Agora trouxeste Heráclito e o rio da Grécia racionalista que amas. Explicarei melhor minha pergunta. Narras, de hábito, como se estivesses a falar com alguém, mas ninguém em particular, e, em alguns outros momentos, narras como se estivesses a dizer algo para alguém em específico?

— Sim, isso acontece. É assim também para a senhora?

— Não sou tão louca quanto dizem, não me ponho a conversar com amigos invisíveis. Enxergo meu amigo. Sei quem ele é. Converso com ele assim como converso contigo e sou sempre a mesma a conversar, com ele e contigo utilizo a mesma linguagem. Pergunto-te, ao conversar com o invisível, falas do mesmo jeito com que falas com meus filhos, com a tua esposa, com minha neta? E, algumas vezes, de outro modo?

— Não sei se compreendi a pergunta.

— Quando conversas com as pessoas, utilizas a linguagem coloquial. Tratas meus filhos, meus netos e meus sobrinhos com a segunda pessoa do singular, usas o pronome tu e conjugas os verbos na terceira pessoa, como se o pronome utilizado fosse o você.

— Sim, falo desse jeito, igual à maioria das pessoas. Digo tu fez aquilo, e não tu fizeste aquilo.

— E narras do mesmo modo ao invisível? Pensas como falas?

— Sim.

— Sempre?

— Não. Em alguns momentos, faço a concordância verbal do outro modo, pronome e verbo na segunda pessoa do singular, assim como a senhora sempre faz uso.

— Quando narras para alguém vago, teus pensamentos falam como se estivesses a conversar com meus filhos. Porém, quando o teu amigo invisível parece se tornar mais próximo de alguém em particular, uma personalidade definida, mudas a concordância verbal. Abandonas o coloquial. Passas a te expressar na linguagem culta. É assim?

— Isso acontece. É como escrevo. Conforme os pensamentos, utilizo um ou outro modo de falar. Mas não existe a associação invariável entre ouvinte vago e linguagem coloquial, assim como a senhora disse. De qualquer modo, reconheço que costumo ligar a linguagem chamada culta a um interlocutor imaginário que se apresente mais próximo da pompa.

— Podes exemplificar?

— Digamos que eu esteja a conversar imaginariamente com o menino Lucas e o cachorro Ozzy, e a transmitir minhas falas para esse ouvinte situado em outro plano. Utilizarei não a linguagem com a qual eu falaria com o menino e o cachorro, mas a outra, se esse ouvinte houver se apresentado como alguém afastado do coloquial.

— Isso acontece, portanto, não apenas quando escreves para a leitura de outros, mas também ao falares com o invisível, quando supões conversares só contigo mesmo?
— Sim, em ambas as situações, vario.
— Pois eu, ao conversar com o outro plano, falo sempre do mesmo jeito, idêntico ao modo como falo com as pessoas encarnadas. Julgas que, agindo desse modo, rebaixo o outro plano à estatura mundana ou, ao contrário, elevo as pessoas comuns na dignidade da linguagem?
— Penso que não se resume a subir ou descer, dona Ana, e desconheço o que a senhora quer dizer com pessoas comuns. Quem são as pessoas comuns? Quanto às diferenças, penso que elas são exatamente isso mesmo, diferenças. Nem sempre implicam acima e abaixo. A senhora é avessa a variações. No direito à diferença, a senhora escolhe ser homogênea, interage sempre de idêntico modo em todos os planos.
— Sou inteira. E tu, partido.
— Está bem, sou partido.
— O que define a esquizofrenia não é o ser partido?
— A loucura também é definida como fixidez.
— Não te surpreende que eu penetre em teus pensamentos ao ponto de saber que conversas com o invisível por vezes de maneira coloquial e, outras vezes, de modo, digamos, respeitoso?
— Um pouco, mas nada que me abale. A senhora nada afirmou. Fez perguntas, eu respondi. A senhora se apropriou de minhas respostas, devolvendo-as para mim como se fossem certezas que a senhora já possuísse antes de eu as confirmar. Tal como um jogador de búzios ou

um leitor de cartas de tarô, que iludem a pessoa angustiada que os foi consultar. A diferença é que não sou a vítima predisposta a se deixar envolver pelo ilusionista.

— Já pensaste que extraordinário seria caso as narrativas que fazes ao invisível se gravassem na tua memória tal como uma escrita e assim pudesses, por exemplo, ler nosso diálogo? Se fosse possível, terias a chance de rever nossa conversa passo a passo. Talvez, escondida em algum trecho, encontrasses a evidência de que estive de verdade em tua mente.

— A senhora com certeza está em minha mente, dona Ana. E sabe que gosto da senhora, dos fantasmas que estão a nos acompanhar, de tudo isso. Não é um inferno, há tantas coisas boas. É apenas um purgatório, e esse apenas é tudo.

— Mais iludido não podias estar. Ouve, minha neta está a gritar para ires te unir a ela, lá embaixo.

— Já desço.

Desejaria ter ao menos uma parte da serena flexibilidade que Lara irradia. Se possuísse, teria evitado a discussão com Sant'Ana. Gosto da velha. Não me orgulho das palavras ásperas que lhe despejei hoje de manhã.

De que assuntos estarão as duas a rir tanto assim, do outro lado dessa porta? Vejo a luz na fresta entre a porta e o chão, as sombras de Lara e Sant'Ana flutuam intermitentes, por segundos, nessa linha iluminada. Parecem dançar. Riem tanto do quê? Só mesmo Lara para conseguir que a austera santa e crítica de tudo e de todos gargalhe desse jeito.

O medonho é que enxergo linhas de luz nas frestas das portas em ambos os lados. Na porta que dá entrada ao apartamento de Sant'Ana e na porta que dá acesso ao apartamento da biblioteca; medonho porque tenho a mais sólida certeza de que apaguei a luz da biblioteca ao sair. Se não estivesse a me borrar de infantil medo de ali voltar e encontrar fantasmas, retornaria à biblioteca e apertaria o interruptor da luz que penso ter desligado e que, pelo visto, não desliguei. Adulto e racional, voltaria tranquilo aqui para o corredor do terceiro andar, sentaria de novo no degrau da escada, continuaria à espera de Silvinha, que me pediu para esperar por ela aqui mesmo, somente eu. Aqui estou, somente eu, como ela pediu, só não estou é calmo. O temor mais absurdo me impede de voltar à biblioteca e apagar a luz, a luz que tenho certeza de ter desligado ao sair. O medo diz que, daqui a um instante, verei sombras dançando na linha da luz que escapa por baixo da porta da biblioteca, tal como as continuo a ver na fresta iluminada da porta que dá entrada ao apartamento de Sant'Ana, este sim, ocupado por duas viventes de carne e osso e gargalhadas. Se minha vontade de atender ao que Silvinha pediu não fosse grande, desceria agora mesmo e a esperaria lá embaixo, à porta do prédio. Mas Silvinha foi enfática no pedido para que aconteça no terceiro andar o encontro, talvez porque aqui em cima circulem menos pessoas. Eu poderia levantar e acender a luz do corredor, se o sadismo para comigo mesmo não impedisse. Sim, é prazeroso esse brinquedo de sentir medo no escuro e alimentar a expectativa de que aparecerão sombras também na fresta de luz do apartamento errado.

Pois bem, senhor fantasma, conversemos enquanto espero. Confesso, estou fissurado pela tua descendente Silvinha. Por acaso, não foste tu quem a conduziu a me beijar de surpresa no início da noite? Está bem, confesso de novo, nunca havia beijado uma garota de piercing na língua e foi gostoso, muito. Sim, está bem, confesso mais isso, só havia beijado uma criança quando eu também era uma. Hoje foi a primeira vez que beijei uma que poderia ser minha filha. Mas, e daí? O quê? Ficaste desconfiado com minha pergunta? Ela não te soou como a interrogação de um arrependido? O quê? Agora estás a me intrigar com Silvinha, contando-me que ela fode com todos os garotos da banda? Cretino, pensas que eu já não sabia disso? Babaca, é esse todo o teu mal? Pensaste que estavas a tumultuar a minha mente? Não passas de um pobre-diabo que só consegue escandalizar a reprimidas gentes em extinção. A tua descendente sussurrou em meu ouvido: "Me come". E me pediu para esperar por ela exatamente aqui. E agora? Estás em festa ou é ao contrário? Eu não sou Sant'Ana, que passou a existência iludida acreditando que tu celebras a orgia. Tu não me enganas, demônio fracassado. Tu estás a implodir de ódio e impotência porque a tua tentação será realizada sem remorso e o que te alimenta não é a orgia, mas a dor do arrependimento. Quiseste brincar comigo e com Silvinha, e com Lara, assim como torturaste Maria Rosa, mas eu e Lara e Silvinha escapamos ao teu controle, babaca. A enfermeira ainda está contigo, prisioneira, aí do outro lado da porta? Sim, cretino, acabo de ver a sombra movendo-se na linha de luz que escapa junto ao piso. Não, não descerei correndo pela escada, não sou Cármen, Gládis ou o débil César. Sequer me levantarei para acender a luz do corredor. Sim, podes continuar a mover tua sombra aí do outro lado. Eu te desafio a abrir a porta e me mostrar que essa sombra é mais do que o vulto de uma barata agigantada pela luz oblíqua, a mover-se rente à fresta. Eu te digo, babaca, há muitas coisas que não compreendes. Perguntei à tua descendente por que ela pinta os cabelos de vermelho se já nasceu ruiva. Respondeu-me: "Acho bonito". Não é lindo? Ela acha bonito, e isso é toda a resposta, e basta. Para que mais? Sant'Ana diria que a neta está sob a tua influência, eu acho que Sant'Ana é quem está. Perguntei: Silvinha, afinal, o nome da tua banda é Fuck it, jerk ou Nightmare? "Os dois, não podem ser os dois nomes? Numa noite é Fuck it e noutra é Nightmare". Simples assim, caro fantasma. Silvinha, eu amo Lara. "É? Que bom vocês se amarem, eu sei, vejo. Um dia também quero amar. Hoje, eu só quero que tu me coma, só isso". Sant'Ana pensa que te banqueteias no espírito de Silvinha. Ela não concebe que no espírito da Silvinha é que o banquete se torna impossível para ti. Necessitas de Sant'Ana. E te assombras comigo, Silvinha e Lara, não é mesmo, fantasma triste? Acreditaste que o mais importante era uma saia curta, pernas bonitas? Julgaste que as iscas me atrairiam até o ato e, depois, ao que desejas, o meu remorso? Eu não me arrependo, demônio. É preciso ser Sant'Ana para acreditar que eu, Silvinha e Lara somos o testemunho da tua vitória. Sant'Ana morrerá sem entender. Tu também não compreendes, não é mesmo? Perguntei à tua descendente: por que compor as letras das músicas em inglês se tu mora no Brasil e é brasileira? "Ah, qual é? Moro no mundo. Em inglês, Fuck it vai estourar no mundo inteiro, em um ano ou dois. Vou morar lá fora, gravar muitos discos. Tu vai me visitar, ok? Pago as passagens". Não é maravilhosamente simples?

Um dia também fui assim, confiante de que tudo me seria dado no mesmo dia, bastaria estender a mão, e a fruta cairia na palma. E se todos fossem simples, diretos, ingênuos, complicados, passionais, frágeis e fortes como essa adolescente? Será que a cornucópia não passaria a derramar sua boa sorte sobre nós no mesmo dia? Sim, fantasmão, eu confesso, estou a adorar a tua descendente, e o mais importante não é o beijo da língua com piercing. Ela te assusta, não é? Sant'Ana acredita que a neta é a prova do teu triunfo, pobre Sant'Ana. Ela e tu não podem compreender o mais simples. Vem, aparece, para de fazer sombras aí do outro lado da porta, agora deste para comandar a marcha das baratas? É o que te resta? Escuta, passos, mais alguém gosta do escuro e dispensa a luz elétrica para subir as escadas.

— Oi.
— Gueli?

— O que faz sozinho no escuro?
— Eu? Nada.
— Nada?
— É, nada, estava pensando, só isso. Já ia entrar no apartamento de dona Ana, quero saber do que ela e Lara tanto riem. Escuta as gargalhadas.
— A velha nunca ri. A tua mulher deve ser uma anja pra fazer rir desse jeito. Ou uma diaba, vai saber. Vem comigo, sobe aqui no meu quarto, quero te mostrar uma coisa.
— Sempre tive curiosidade em subir esse último lance de escada. Leva ao antigo sótão, certo?
— É aqui que durmo, quando passo a noite no prédio.
— Não tem medo? Dona Ana diz que tem fantasma andando pelo edifício.

— E tem mesmo, eu já vi.

— Sério? E como ele é? Foi um? Mais de um?

— Ela, Maria Rosa, a enfermeira que morreu mil anos atrás. Não vi direito, foi só um vulto, deu pra ver que era uma mulher.

— E como sabe que era a Maria Rosa?

— Quem mais seria?

— A avó de dona Ana? Era a cancerosa de quem Maria Rosa cuidava.

— Não, o fantasma que eu vi era de uma mulher jovem, tenho certeza.

— Deu pra perceber isso, é?

— Deu, deu pra perceber, isso é uma coisa que se sente. Ela se deslocava rápido, era jovem. Era Maria Rosa, tenho certeza. Ela deve pensar que o bebê ainda está por aqui.

— Sentiu medo?

— Senti, mas aguentei. Já me acostumei a sentir presenças. Acho que até o bebê voltou pra cá, depois de morto.

— Como sabe que ele já morreu? Hoje ele pode ser um senhor de sessenta anos.

— Ah, sei lá. É o que eu penso. Já senti a presença de uma criança pequena por aqui. O pavoroso de verdade é o fantasma velho, o que matou Maria Rosa de susto. O ar fica frio quando ele está por perto. Mas já acostumei, acho que ele se diverte comigo e me poupa. É como se existisse um acordo, entende? Faço o que ele quer, e ele não me ataca. Senta aqui na cama comigo, essa cadeira aí está quebrada.

— Não dá, Gueli, tenho que ir.

— Só um pouco, vai, tem medo? Me diz uma coisa, o que tu procura na biblioteca da velha? Ouvi o Sérgio, o

Zé Carlos, a Cármen, o pessoal todo comentando, mas não entendi. Senta aqui e me explica.

— Certo, Gueli, mas primeiro me diz outra coisa. Logo nos primeiros dias, dona Ana me contou a história do fantasma. O José Carlos me falou pra não acreditar. Em tom de brincadeira, ele me advertiu que a mãe é um pouco louca. O Sérgio e a Cármen, depois, disseram o mesmo. Chamam de santa para brincar e lembrar a todos que dona Ana não deve ser levada a sério. Ninguém acredita na história do fantasma, ou, pelo menos, dizem que não acreditam. Só dona Ana é quem afirma que um espírito perverso domina o prédio. Mas agora tu falou que sente a presença dele, e de outros. Então, eu pergunto: considera que dona Ana está certa e não é louca?

— Ela é louca. É doida varrida. Mas é gente boa e está certa sobre o espírito. O Zé Carlos e os outros é que querem fingir que ele não existe. Sabe por quê? Eles não têm dinheiro pra se mudar, são obrigados a continuar morando neste prédio. No fundo, no fundo, eles são prisioneiros. A velha está certa.

— Dona Ana me disse que, no passado, a família foi abastada, o prédio era uma moradia fina. Os móveis, os quadros e a quantidade de livros na biblioteca mostram isso. Foi o que restou da riqueza passada. Depois, começaram a decadência e a deterioração do prédio.

— Começou com a morte da enfermeira e o fim da avó da velha. Sabia que ela também se chamava Maria, igual à enfermeira? O fantasma fez a família afundar.

— Sabia, sim, dona Ana me disse. Ela era uma criança, mas se lembra com nitidez da avó, da enfermeira e de como era a família naquele tempo. Qual seria a idade de dona Ana quando Maria Rosa morreu?

— Acho que era adolescente, não tenho certeza. Por que não pergunta pra ela? Vocês vivem conversando.

— Certo, vou perguntar. Ela também me contou que o pessoal antigo comentava que o espírito perverso seria o fantasma do pai da cancerosa. Ou seja, o bisavô de dona Ana.

— É isso aí. Eu conheço a história da família, minha mãe trabalhou pra eles e ouviu a história contada pelo marido da Ana. Esse cara aí que tu falou, o pai da avó da Ana, não prestava. Ele só queria saber de ficar rico, roubar de todo mundo e comer a mulherada da vizinhança, botava chifre em tudo que era homem casado. E, olha só, o feitiço virou contra o feiticeiro, a mulher enganou ele. Dizem que a avó da Ana não era filha dele de verdade. Foi por isso que o fantasma veio tripudiar quando ela ficou cancerosa.

— Isso dona Ana não me contou.

— Viu? Ela te escondeu a melhor parte.

— Ela também não chegou a assegurar que o fantasma seria do bisavô, que, então, na verdade, não era seu bisavô. Achei estranho, dona Ana sempre tem certeza a respeito de tudo, afirma coisas sobre o passado como se houvesse vivido os acontecimentos na condição de adulta, mas, sobre esse ponto, ela falou pouco e não deu certeza. Agora entendo.

— Pois é, ela te escondeu o jogo. E então? Agora é a minha vez, me explica o que tu procura na biblioteca da velha.

— Só mais uma coisa. Já que ouviu falar na história toda e a tua mãe trabalhou aqui, confirma: a enfermeira e o bebê pernoitavam no apartamento que hoje é ocupado pelo César, é isso?

— Parece um detetive fazendo perguntas. Por que tu quer saber? Vai desvendar um crime mil anos depois?

— É, vai ver é isso, nem eu sei o motivo de querer saber. Só sei que quero.

— É o espírito ruim que te faz querer. Ele está te usando pra criar confusão.

— Certo, é isso. Mas não respondeu à minha pergunta. E a tua mãe? Ela trabalhou aqui naquele tempo? Acho que não, deve ter sido depois.

— Lógico que foi depois, ela não tem nem cinquenta. Mas o marido da Ana sempre conversou muito com minha mãe, contou tudo pra ela. O César também. E um dos filhos da cancerosa, o caçula que não mora mais aqui, gostava de fofocar com a minha mãe. Ela ficou sabendo de tudo.

— Certo. Mas e a minha pergunta? Maria Rosa e o bebê ficavam no apartamento que hoje é do César, confirma?

— Confirmo. A enfermeira e o bebê dormiam lá no primeiro andar. O apartamento era ocupado pela governanta da família, e cediam um quarto pra Maria Rosa, que ficava lá e às vezes no outro apartamento de cima, no segundo andar, onde estava a cancerosa.

— Sei, esse do segundo andar é onde hoje moram o José Carlos, a Silvinha e o Lucas.

— Meu, qual é a tua? Que importância tem isso?

— Só estou pensando. Outra curiosidade, tenho poucas informações sobre os empregados. Naquele tempo existiam alguns, não é?

— Meia dúzia, e hoje só tem eu. E mesmo assim não fico muito tempo mais. O Sérgio me enche o saco.

— É? Acredito. Bom, mas sobre o que eu perguntei, confirma que existiam alguns? Governanta, jardineiro, cozinheira, arrumadeira, esses tipos de funções, certo?

— Meu, tu é muito doido. Mas tudo bem. É isso, já te falei, existia meia dúzia, esses aí que tu imaginou.

— Algum deles teria estudado? Frequentado por bastante tempo a escola? A governanta? Até agora eu não sabia da existência de uma governanta. Dona Ana me falou em empregados sem especificar o que faziam, nem eu perguntei. Uma vez ela me disse que nenhum deles frequentou a escola por mais do que poucos anos. O José Carlos e o César disseram o mesmo, mas confio pouco na memória do César. E o José Carlos nem nascido era. Será que a governanta tinha estudo?

— Por que tu quer saber isso? Que doideira. Agora eu entendo por que tu e a velha conversam tanto. Tu é doidaço que nem ela.

— É possível. Mas me diz, sabe se a governanta estudou?

— Claro que não, meu.

— Claro que não, o quê? Claro que não estudou? Ou claro que tu não sabe?

— Claro que eu não sei. Como é que eu vou saber se a figura de mil anos atrás estudou ou não? O que tu quer saber afinal? Olha, já nem quero saber o que tu procura nos livros velhos que Ana guardou. Nem tu deve saber o que procura.

— A biblioteca tem livros de até duzentos anos. E revistas, almanaques e jornais puídos guardados em caixas, alguns se esfarelam quando folheio as páginas. Eu quero saber como era o cotidiano de outras épocas, como as pessoas pensavam, no que acreditavam. Quero conhecer o passado do imaginário que hoje sobrevive, compreende?

— Não.

— Sei.

— Mentira, compreendo, sim. É fácil. É como uma arqueologia, tu está reconstituindo o imaginário antigo pra identificar até que ponto ele ainda está presente. Ficou surpreso comigo?

— Pra ser sincero, sim.

— Achou que eu não entenderia, né? Cursei a faculdade, psicologia, um ano e meio. Larguei porque vi que não ia levar a nada. Posso ganhar mais sem estudar do que diplomada. Nem marido eu ia arranjar na universidade, lá só tem veado e brocha. E a mensalidade era um horror de cara, na verdade, esse foi o principal motivo de eu ter desistido. Foi bom enquanto durou. Algumas das aulas foram bem boas.

— É, fiquei surpreso mesmo, Gueli.

— Claro, empregada doméstica só pode ser estúpida e sem estudo.

— Não é isso, eu pensei que, olha, sei lá o que pensei.

— Pensou que eu sou estúpida e sem estudo. E tarada. É o que todos pensam.

— Não, não pensei isso, eu não sei o que pensei, não pensei nada.

— Mentira. Não tem importância, eu sei como é. Mas deixa eu ver se entendi por que tu vem todos os dias. Apareceu aqui há três semanas, te apresentou e pediu licença pra pesquisar na biblioteca da velha, daí ela te contou a história do fantasma e o teu interesse mudou. Agora, além dos livros, quer desvendar o que mesmo?

— Quero deduzir quem escreveu a carta.

— A Lara também quer?

— Claro, por isso estamos juntos. Ela é doida que nem eu.

— Na primeira semana, ela veio aqui só uma vez, naquela noite em que vocês dormiram na biblioteca. Por que ela sumiu depois?

— Ela tinha outras coisas pra fazer.

— E por que voltou? Agora ela vem todos os dias contigo.

— Ela fez as outras coisas que tinha pra fazer. E voltou.

— Sei. O Zé Carlos comentou que tu nunca responde o que perguntam, tudo bem. Eu acho que foi o fantasma que chamou vocês pra cá, tu e a Lara são um prato cheio pra ele.

— Pode ser. Na verdade, eu vim porque a biblioteca de dona Ana é famosa, eu sabia que encontraria textos valiosos.

— Além de livros e traças, acabou descobrindo a história da carta e do fantasma que matou a enfermeira de susto.

— Pois é.

— E depois dos livros e do crime misterioso, foi crescendo um terceiro interesse, não é?

— Terceiro? Sim, compreendo, é verdade. Lara e eu ficamos fascinados pelos pensamentos de dona Ana, tudo o que ela projeta no seu mito pessoal, a história do fantasma.

— Então são quatro os interesses.

— Quatro?

— É. Os papéis que se esfarelam são o motivo inicial. O autor da carta é o segundo. A loucura da velha é o terceiro.

— E o quarto?

— A Silvinha, que, pra ti, virou o maior dos interesses.

— Não entendi.

— Entendeu, sim. Olha, eu vou te contar uma coisa bem sexy, mas não é sobre a Silvinha. É sobre a Lara e tu, vocês dois juntos.

— É? O quê?

— A Cármen espiou tu comendo a Lara.

— Foi ela?

— Agora eu te peguei.

— Hum?

— Não adianta disfarçar, tu deixou escapar que sabia. Tu e a Lara sabiam que tinha alguém espiando vocês naquela noite. Não sabiam quem, mas sabiam que havia alguém. E continuaram fodendo, se exibindo.

— Olha, Gueli, certo, mas estou achando que não foi a Cármen, foi tu. A Cármen não contaria pra ninguém o que fez, se tivesse feito.

— Contaria, sim. Tanto contaria que contou pra Gládis, que contou pra mim. Eu perguntei pra Cármen e ela confirmou. Contou pras primas também. Só pras mulheres, é segredo entre mulheres. Elas se divertiram um monte com a história. Não notou como te olham de jeito malicioso? A Cármen contou todos os detalhes do que viu. Ela te elogiou muito, entende?

— Ela contou pra dona Ana?

— Claro que não. Acha que isso é coisa que se diga pra santa?

— Pra quem mais ela contou?

— Pra mais ninguém. É um segredo entre mulheres adultas, eu te falei. Elas nem imaginam que tu e a Lara sabiam que estavam sendo espionados. Pensam que vocês foram vítimas inocentes da Cármen, dois anjinhos. Dois anjinhos que fodem pra cacete, não é? Me diz, quando vocês começaram a foda, já sabiam que tinha alguém espiando ou foi só depois que perceberam?

— Não preciso responder. Gueli, agora eu tenho que ir.

— Marcou encontro com a Silvinha, não é? Eu vi vocês dois se beijando lá embaixo e ouvi ela te dizer pra esperar no terceiro andar. A cabrita de cabelos vermelhos quer foder contigo antes do show, assim, depois, ela vai cantar o rock bem alegrinha, bem soltinha. Não te apressa. Ela e os guris da banda ainda devem estar no pub, arrumando o palco. É cedo pra ela voltar, esse show só começa à meia-noite. Ela volta, com certeza. A guria está ansiosa pra dar a boceta quente pra ti.

— Tu fala que nem homem na roda de amigos, em mesa de bar, Gueli.

— Muitas mulheres abandonaram a carapuça da delicadeza já faz tempo, meu anjo.

— Deve ser obra de um espírito perverso.
— Com certeza.
— Bom, Gueli, agora eu vou. E tu está enganada, não vou me encontrar com Silvinha, ela me beijou, só isso, coisa de adolescente. Vou jantar com a dona Ana e a Lara. Depois, a Silvinha vem, eu e a Lara combinamos de ir ao show com ela.
— Quem será que tem o buraco mais quente? A Silvinha ou a Lara? Ou será que sou eu? Não vai ainda, conta pra mim o que perguntei. Tu e a Lara perceberam a espionagem desde o início? Conta como foi, conta. Pode confiar em mim, não falo pra ninguém que descobri que vocês dois sabiam, juro. Deixa as mulheres pensando que vocês são inocentes, assim é mais gostoso. Senta aqui de novo e me conta. Vem, senta. Conta. Vocês sabiam desde o início?
— Gueli, eu tenho que ir.
— Sei, tem que ir comer a Silvinha. Depois tu vai, te acalma, ela ainda não chegou. Conta pra mim, tu e a Lara perceberam desde o início?
— Foi, desde o início. Pronto, contei. Agora eu vou, está bem?
— Não, só mais um pouco. Me diz, vocês estavam deitados no sofá e viram que tinha alguém na outra sala?
— Isso, foi assim.
— Naquela noite, dormiram aqui porque estava caindo a maior chuvarada, foi por isso?
— Foi, ficamos até tarde com dona Ana na biblioteca, não percebemos que estava se armando um temporal. Não parava mais de chover. Dona Ana disse pra pernoitarmos na biblioteca.

— E aí?

— E aí achamos que ninguém iria na biblioteca naquela hora da noite. A luz da lâmpada, na rua, entrava pela janela, havia uma claridade enevoada na sala, fiquei com vontade de olhar a Lara nua nessa luz suave.

— Que lindo, que poético. Tu estava lambendo a bunda da linda quando a Cármen chegou de mansinho.

— Foi nessa hora que ela invadiu a biblioteca, é? A Lara percebeu o vulto no escuro da outra sala. Cochichou no meu ouvido, avisou que tínhamos plateia, propôs que continuássemos.

— E vocês continuaram mesmo, deram um show. A Cármen disse que vocês se beijaram abraçados, ajoelhados, e depois a Lara foi descendo a boca, descendo, descendo. Quer dizer que enquanto ela chupava o teu pau sabia que tinha alguém espiando, é? Que putinha. E depois tu enfiou nela de tudo o que foi jeito. A Cármen adorou o show.

— Viu que danados nós somos? Agora eu vou.

— Só mais um pouco, eu ainda não te mostrei o que quero mostrar. E antes tem outra coisa que eu quero dizer. A Cármen e a Gládis sabem que tu e a Lara vão dormir de novo na biblioteca hoje.

— É?

— Sim, elas sabem que vocês vão ao show da Silvinha e voltam os três juntos de madrugada, pro prédio. Foi a velha quem deu a ideia, ela ficou preocupada, acha perigoso andar pelas ruas tarde da noite. Assim vocês trazem a netinha em segurança e dormem no prédio.

— Dona Ana tem razão, as ruas são perigosas à noite.

— Tu e a Lara nunca desconfiaram que a espiã pudesse ter sido a velha?

— Desconfiamos.

— Incrível, não? Todo mundo desconfia da santa. Mas foi a Cármen.

— Eu ainda estou desconfiado que tu inventou isso. Acho que foi tu, Gueli.

— Foi a Cármen, pode perguntar pra ela.

— Eu não vou perguntar.

— Claro, não vai perguntar pra não revelar que sabia que foi espionado. E o que tu achou da minha informação?

— Qual delas?

— A informação de que a Cármen e a Gládis sabem que tu e a Lara vão dormir de novo na biblioteca.

— O que tem isso?

— Não te faz de desentendido. Elas querem dar uma espiadinha.

— Gueli, não conta pra elas que tu me falou, está bem?

— Juro, prometo, combinado. Come de novo a Lara bem comida, a Cármen e a Gládis vão estar escondidas vibrando, nem vão desconfiar que vocês dois sabem.

— Não foi isso o que eu quis dizer.

— Foi, sim. A Cármen e a Gládis vão ficar molhadas espiando vocês. Deixa eu ver como está a tua agenda pra noite. Primeiro, vai comer a Silvinha daqui a pouco, antes do show. Na volta, come a Lara, com a Cármen e a Gládis espiando. Tu e a Lara gostam de sentir vergonha, não é, seu sem-vergonha? Tu garante que dá conta da agenda desta noite? Tem confiança no teu taco?

— Gueli, agora eu vou, dona Ana já deve ter preparado a janta.

— Calma, que pressa, eu nem te mostrei o que quero. E quero perguntar mais. Onde tu vai comer a Silvinha? Na biblioteca?

— Eu não vou comer a Silvinha.

— Para com isso, me diz, onde vai ser? Na escada, rapidinho, com medo de serem apanhados em flagrante, pra dar mais emoção? Não. Vai ser na biblioteca, não é? Assim vai ter mais tempo pra dar uma metida bem gostosa na guria. O fantasma vai adorar.

— É, é isso, Gueli, vai ser na biblioteca. O espírito ruim, a Maria Rosa e os outros fantasmas vão estar todos em volta, curtindo.

— Que maravilha. E depois tu vai com a Lara no show da Fuck it. Estou até vendo tu, a Lara e a Silvinha caminhando pelas ruas, conversando conversas muito loucas, fumando um baseadão.

— A Lara e eu não fumamos.

— Só a Silvinha gosta de uma maconha bem cheirosa. Mas os três vão juntos pro pub. Vão e voltam juntos.

— Sim, combinamos assim. Por que pergunta?

— Será que vão ir cedo demais? O show começa mais tarde.

— Combinamos ir caminhando devagar, queremos fazer um passeio longo pelas ruas.

— Por quê?

— Quer saber mesmo? Não é por nenhum motivo erótico que iremos devagarinho. Lara e eu queremos escutar o gugu-dadá dos bebês irradiado desde as janelas dos apartamentos, ouvir as donas de casa a conversar nas calçadas ainda tarde da noite, o vozerio dos bares, o ruído dos carros, que nem na madrugada cessa, as vozes altas dos jovens. Esses sons todos se misturam no ar da noite, é uma sinfonia. Queremos que a Silvinha preste atenção nessa música.

— Mas isso é erótico, muito erótico.

— Tem razão, Gueli, é erótico. Queremos mostrar pra Silvinha os liquens que florescem nas rachaduras das casas e a luz das lâmpadas refletida e esparramada nas copas das árvores. Tu me compreende?

— Claro.

— Quer ir junto no passeio?

— Obrigada, fica pra outra noite, tenho algumas coisas pra fazer, por exemplo, confirmar pra Cármen que tu e a Lara voltam pra dormir na biblioteca. Tu me compreende?

— Claro, Gueli.

— Sabia que o meu nome não é Gueli? É Gali.

— Gali? Eu estava a dizer Gueli porque é assim que o pessoal te chama. Às vezes, de Guedi.

— Eles me chamam assim porque trocam tudo, têm cabeça fraca, erram números, nomes, tudo. Alguns trocam o meu nome só pra implicar comigo. Chamar a pessoa pelo nome errado é um jeito de dizer que ela não tem importância.

— Sei. Gali é um nome bonito. Ele tem algum significado?

— Coisa nenhuma.

— Bom, Gali, agora eu tenho que ir, o que tu quer me mostrar?

Óbvio que eu não devia ter perguntado, ela me distraiu, baixei a guarda. Agora está feito, aconteceu. Ouço barulho de talheres e pratos, Sant'Ana e Lara devem estar arrumando a mesa para a janta. Entro? Não. Vou voltar a esperar aqui, no escuro. Mas Silvinha já deve ter vindo, não me encontrou e desceu. Alguém apagou a luz da biblioteca, terá sido Silvinha? É melhor descer, ela pode estar esperando por mim lá embaixo.

— Ei, tá descendo a escada ainda?
— Gali? Sim, estou aqui no segundo andar.
— Por que não acende a luz?
— Sei lá, acho que quero descer no escuro pra ver se aparece algum fantasma.
— Vai acabar tropeçando e quebrando a perna.

— É, pode ser. Vou tomar cuidado. Tchau, Gali, vou lá pra baixo.

— A cabrita ainda deve estar arrumando o palco. Se eu fosse tu, esperava onde ela te mandou esperar, aqui no terceiro andar. Vem, sobe de volta.

— Tchau, Gali, vou lá pra baixo.

— Espera, tem mais uma coisa que eu quero te contar.

— O que é?

— O meu nome não é Gali.

— Qual é o teu nome afinal?

— Gueli.

— Não acredito.

— Queda-te sem acreditar, ímpio.

— O quê? Pode repetir, Gali? Gueli?

— Queda-te na descrença. Anseias pelo pecado de cabelos vermelhos. Cedes à tentação. A Providência fez-te perder o encontro marcado. Tentas restaurar o mal, o falso brilhante perdido. Ainda não compreendes que eu te salvei? Se é que, em verdade, eu te salvei.

— Obrigado, Gueli, Gali, és uma comediante. Tu me surpreendes. Mas agora eu vou. Beijo para ti.

— Confias em demasia na tua potência. Não compreendes que eu te exauri? Em tua soberba, acreditas que darás conta das demandas ainda mais duas vezes nesta noite? Por que não subtrais de tua agenda o próximo e obscuro compromisso? Por que não aceitas a salvação que a Providência teve o cuidado de te presentear um lance de escada acima do ponto onde esperavas?

— Gali, o teu lugar é no teatro, mas, nem com o talento, tu me desviarás do destino. Agora eu desço. Amanhã, a gente se vê. Atiro um beijo de boa-noite daqui de baixo pra ti. Escutou meu beijo? Atira, aí de cima, um de volta pra mim.